D0678919

MME BEAUTÉ
et la Princesse

Collection
MONSIEUR MADAME PAILLETTES

MONSIEUR   MADAME

Publié pour la première fois par Egmont sous le titre : *Little Miss Splendid and the Princess*.
MONSIEUR MADAME™ Copyright © 2006 THOIP (une société du groupe Sanrio). Tous droits réservés.
Little Miss Splendid and the Princess © 2006 THOIP (une société du groupe Sanrio). Tous droits réservés.
Mme Beauté et la Princesse © 2006 THOIP (une société du groupe Sanrio). Tous droits réservés.

MME **BEAUTÉ**
et la Princesse

Roger Hargreaves

hachette
JEUNESSE

Madame Beauté, comme son nom l'indique, était très belle. Elle portait de magnifiques chapeaux et vivait dans une somptueuse demeure.

Et comment savait-elle qu'elle était la plus belle ?

Grâce à son miroir magique. Chaque matin, madame Beauté lui demandait : « Miroir, qui est la plus belle ? »

« Vous êtes la plus belle entre toutes », répondait-il.

À côté de la somptueuse demeure de madame Beauté se trouvait un château qui était inoccupé depuis de nombreuses années.

Un jour, en allant faire des emplettes, madame Beauté remarqua un écriteau « Vendu » accroché au portail.

« Je me demande qui va habiter là ! » songea-t-elle.

Le jour suivant, elle eut sa réponse.

Madame Beauté fut réveillée par une fanfare de trompettes.
Par la fenêtre, elle vit trois camions de déménagement
et un superbe carrosse tiré par des chevaux s'acheminant
en cortège jusqu'au château.

Une Princesse venait emménager à côté de chez elle !

Au début, madame Beauté était très excitée.

« Vivre à côté d'une Princesse va me rendre encore plus belle », disait-elle en faisant les cent pas.

Elle se coiffa de son plus beau chapeau et fut bientôt prête pour rendre visite à sa nouvelle voisine.
Mais avant de partir, elle consulta son miroir magique.

« Miroir, qui est la plus belle ? » lui demanda-t-elle.

« La Princesse d'à côté est la plus belle entre toutes », répondit le miroir.

Madame Beauté ne pouvait pas en croire ses oreilles.

Madame Beauté observa la Princesse pendant
tout le reste de la semaine.

Elle regarda le superbe carrosse de la Princesse.
Elle étudia la splendide couronne de la Princesse.
Et elle remarqua la magnifique robe de la Princesse.

Madame Beauté devint de plus en plus jalouse
de sa nouvelle voisine.

La semaine suivante, madame Beauté alla faire quelques courses. Elle acheta un carrosse étincelant avec quatre chevaux, un chapeau de princesse et une splendide robe avec une traîne.

Madame Beauté était si contente de ses achats qu'elle se rendit en ville pour faire admirer sa nouvelle toilette. Mais personne ne remarqua le changement.

« Bonjour, madame Beauté, dit monsieur Heureux, sans complimenter sa tenue. Savez-vous que la Princesse va bientôt venir en ville ? Je suis si impatient ! »

Madame Beauté, très déçue, rentra chez elle
et se regarda dans son miroir magique.

« Je suis très belle », se dit-elle, en admirant son reflet.

« La Princesse d'à côté est la plus belle entre toutes,
répéta le miroir. Et si je puis me permettre,
votre accoutrement est ridicule. »

Madame Beauté était consternée. Mais que faire ?

Le jour suivant, elle trouva une solution en lisant
le journal. La Princesse y avait passé une annonce
pour employer un cocher, une servante et un majordome.

Madame Beauté sourit malicieusement.

Elle alla voir monsieur Malchance.

« La Princesse a besoin d'un cocher, lui dit-elle. Ce serait un travail parfait pour vous. »

« Vraiment ? » dit monsieur Malchance en brisant accidentellement une fenêtre ; et il se hâta en direction du château pour présenter sa candidature.

Madame Beauté alla voir madame Tête-en-l'air
pour lui suggérer d'être la servante de la Princesse.

« Vraiment ? » dit madame Tête-en-l'air, en se ruant
en direction du château aussi vite qu'elle pouvait.

Enfin, madame Beauté rendit visite à monsieur
Méli-Mélo, qui était très excité à l'idée d'être
le majordome de la Princesse – bien qu'il se trompât
plusieurs fois de trajet pour se rendre au château !

Quand madame Beauté revit la Princesse, elle comprit tout de suite que ses trois amis avaient été embauchés.

Monsieur Malchance avait eu un accident de carrosse et l'avait fortement endommagé.

Madame Tête-en-l'air avait brûlé la robe
de la Princesse en la repassant et y avait fait
un énorme trou.

Et monsieur Méli-Mélo avait confondu sa couronne avec le pain. Il avait mis le pain dans le coffre-fort et la couronne dans le four : celle-ci avait fondu !

La Princesse n'était plus du tout la plus belle.

Madame Beauté se posta devant son miroir magique.

« Miroir, qui est la plus belle ? » demanda-t-elle.

« Madame Beauté est la plus belle entre toutes »,
répondit-il d'une voix traînante.

« Je le savais ! » cria madame Beauté.

« En revanche, continua le miroir…

… j'ai entendu dire qu'une reine allait bientôt s'installer ici ! »

RÉUNIS VITE LA COLLECTION ENTIÈRE

1 MME AUTORITAIRE
2 MME TÊTE-EN-L'AIR
3 MME RANGE-TOUT
4 MME CATASTROPHE
5 MME ACROBATE
6 MME MAGIE
7 MME PROPRETTE
8 MME INDÉCISE
9 MME PETITE

10 MME TOUT-VA-BIEN
11 MME TINTAMARRE
12 MME TIMIDE
13 MME BOUTE-EN-TRAIN
14 MME CANAILLE
15 MME BEAUTÉ
16 MME SAGE
17 MME DOUBLE
18 MME JE-SAIS-TOUT

19 MME CHANCE
20 MME PRUDENTE
21 MME BOULOT
22 MME GÉNIALE
23 MME OUI
24 MME POURQUOI
25 MME COQUETTE
26 MME CONTRAIRE
27 MME TÊTUE

28 MME EN RETARD
29 MME BAVARDE
30 MME FOLLETTE
31 MME BONHEUR
32 MME VEDETTE
33 MME VITE-FAIT
34 MME CASSE-PIEDS
35 MME DODUE
36 MME RISETTE

37 MME CHIPIE
38 MME FARCEUSE
39 MME MALCHANCE
40 MME TERREUR
41 MME PRINCESSE
42 MME CÂLIN
43 MME FABULEUSE
44 MME LUMINEUSE

DES **MONSIEUR MADAME**

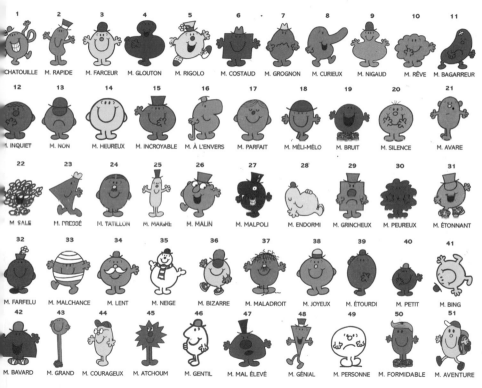

1 CHATOUILLE
2 M. RAPIDE
3 M. FARCEUR
4 M. GLOUTON
5 M. RIGOLO
6 M. COSTAUD
7 M. GROGNON
8 M. CURIEUX
9 M. NIGAUD
10 M. RÊVE
11 M. BAGARREUR

12 M. INQUIET
13 M. NON
14 M. HEUREUX
15 M. INCROYABLE
16 M. À L'ENVERS
17 M. PARFAIT
18 M. MÉLI-MÉLO
19 M. BRUIT
20 M. SILENCE
21 M. AVARE

22 M. SALE
23 M. PRESSÉ
24 M. TATILLON
25 M. MAIGRE
26 M. MALIN
27 M. MALPOLI
28 M. ENDORMI
29 M. GRINCHEUX
30 M. PEUREUX
31 M. ÉTONNANT

32 M. FARFELU
33 M. MALCHANCE
34 M. LENT
35 M. NEIGE
36 M. BIZARRE
37 M. MALADROIT
38 M. JOYEUX
39 M. ÉTOURDI
40 M. PETIT
41 M. BING

42 M. BAVARD
43 M. GRAND
44 M. COURAGEUX
45 M. ATCHOUM
46 M. GENTIL
47 M. MAL ÉLEVÉ
48 M. GÉNIAL
49 M. PERSONNE
50 M. FORMIDABLE
51 M. AVENTURE

Retrouve tous tes héros sur
www.hachette-jeunesse.com

Édité par Hachette Livre – 58 rue Jean Bleuzen, 92178 Vanves Cedex
Dépôt légal : août 2006.
Loi n°49-956 du 16 juillet 1949 sur les publications destinées à la jeunesse.
Achevé d'imprimer par Canale en Roumanie.